吟＊目次

カバー写真　著　者
装幀　真田幸治

吟

橋

全国の橋をめぐりて安全の向上はかるが私の仕事

名古屋から飛行機に乗り熊本も花巻もさて日帰り出張

島根県大田市字朝山へ十時に行くにはどうすれば良いか

片道の電車にすごす五時間の座席に我はさなぎとなりぬ

もくもくと高さ六十五メートル鉄塔の上へはしごを登る

動と静、緊張と弛緩が交替に我の背中をたたいてすぎる

飛行機を使えぬ地域と時間帯　列車つかいて帰路の地酒を

速度を落とす

神路山を越えて自動のシステムに夢の島まで愛車が駆ける

独り占めの大風呂から見る筏ぶね反射したるは過去の光だ

とつぜんに噴き上がる湯は宝生の二月の空の下にて一人

英虞湾を行く船のあり菜の花の咲きいる岬と岬の間

賢島かちにて渡りきそのかみの橋を「しまかぜ」速度を落とす

嬬と酌む吟醸地酒「瀧自慢」夕焼ける空の話をしつつ

永遠に飲んでいるかと思うほど観光ホテルのラウンジにいる

くれなずむ志摩の海には雲間より天使の梯子が一筋のぼる

志摩の海の凪にて育つアワビ食ぶ父の遺影を正面に置き

ほろ酔いの目にあたたかき春の月藤田嗣治の裸婦ある窓に

栞

日曜日事故発生の知らせあり怪我ではないと前置きをして
現場での事故の知らせを聞きし時おがむがごとく手を合わせたり

間違えて品川駅に降り立ちぬ挽回できる罪でよかった

サバ缶が普通の価格の倍ほどだ　復興支援とあれば買いたり

レシートが欲しかったのだ茶ではなく　栞を忘れた代用として

バス五台つらねて観光客が来る一本松はレプリカなれど

一億円かけて復興シンボルの一本松は潮風を受く

大盛りのビンチョウマグロをいただきぬ陸前高田の海鮮どんぶり

カーナビが古い道筋教えくる海岸沿いの堤防の上

目の前のビール祝いて寧日の終始を一杯二杯と飲《や》りぬ

トリトン大橋

月曜は大阪高槻高速道看板をたて現場始まる

火曜日は揖斐川左岸の環状道千代保稲荷の参拝をせり

水曜は名港トリトン大橋の橋脚わたる海風を受ける

木曜は第三京浜道路まで雨ふりしぶくなかを行きたり

金曜は岐阜金華橋風強く足場上がるも先に進めず

土曜日は午前歌会、午後歌会我はこんなに自由だったか

今週は何をしたかが混乱し体を休めるわが日曜日

命

夏の夜は蛹となりて眠りたり羽化の気配を体内に秘め
背中から翅が伸びゆく気配あり午前五時には日が昇りゆく

午前五時六頭の揚羽がいっせいに光吸い込み羽化を始める
呆然と見つめるばかりこの時を遅刻してでも見届けるべき
いのちとは静かなるもの命とは守るべきものしずかに佇ちぬ

たちのぼる勇気とともに羽化をするわが身体は蝶であったか

絡み合う視線はわれと太陽と羽化を終えたる六頭の蝶たち

太陽が今は神だと思いたりあくまで空を目指してのぼる

天竜峡

ゆったりと走る中央フリーウェイ雪雲はるか遠くに見える

渋滞と列車遅延のニュース聞く師走なかばの雪に驚く

だんだんと気圧の下がるトンネルの耳に知らせる出口は間近

「出口ユキ」標識がマイルストーンとなりて緊張高まりてゆく

恵那山を抜ければ横に雪が降る中央道はマイナス一度

飯田駅寒さに耐えた体もて天龍そばをすすりていたり

いっせいに空を目指してのぼりゆく雪の天龍叫びをあげる

冬の雷とどろく夜に酒を酌む飯田のビジネスホテルの机

予報ではゼロなる昼に音たてるみぞれまじりの雪に聞くべし

岳父の杖

天かけて父の御霊は昇りたり朝まだ早き養老の山

父逝きしベッドに窓から差し込める朝《あした》の光静かに赤し

息子らは「疲れていぬか」と幾たびも声かけくれる葬儀さなかに

葬送の歌を詠むべく通夜の席を抜け出し場面を思いだしたり

うからの雑談厭い一人居の我は葬儀のことばを探す

四十年をともに過ごしし父の顔まだあたたかき光を返す

伊吹山青空に映え白くあり父のたましい雲をはらいて

臨終という宣言はなかりけり時刻のみ告ぐ若き内科医

三人の息子らがわが傍にいて父の今際《いまわ》を静かに見守る

厳格な人を演じて九十年やさしさゆえに我が名を呼ばず

転ぶこと一度もあらず支えたり施設に通いし岳父の杖は

火葬場の煙は白く立ちのぼる冬の大空あくまで青し

有明の海

居眠りて手帳落として二度寝してわが出張の朝が始まる

四時間をただに座りて本を読み窓を流れる景色たのしむ

森ふかく「かもめ」が行けばゆくりなく有明の海の青さ広がる

長崎の市電はなんとおおらかにどこまでも行く百二十円

久闊をほぐしてしまう笑顔持つ馬場昭徳を兄と思いき

刻まれし古川典子の墓石には八月九日ゆきし五歳も

キリシタン小島家の墓の墓標には十字架たかく高く建ちたり

祈るごとカップ酒あけ何事もこぼさぬように道中過ごす

美人多し

題「橋」

足元が震える高さの空青し鋼上部工《こうじょうぶこう》架設の橋は

応力を柱にまとめているように見えるが分散して立つ斜張橋

架設する鋼《はがね》の橋の足場から見上げる五月の青空高し

熊本もダッカも照らす天の川見上げて祈る明日の晴天

くまモンがほほ笑みているくっきりと月のぼりゆく秋の熊本

天草へ車飛ばして三時間、仕事四時間、帰路なお眠し

天草の「脇見するな」の隣には「美人多し」の標識がある

ようこそかおかえりなさいか迷いつつ「さしよりビール」乾杯しよう

朝のワイン

Hora! オラと人に会うたび声を出し硬水を飲み一日を過ごす

一面のオリーブ畑が夕日受け三百年の眠りを誘う

イスラムとキリスト教が入り交じり五つの戒律区別がつかず

大阪のおばちゃんがいるバルセロナ頼りになると時折思う

セビリアに飲むコーヒーにむらさきの朝はたっぷりミルクを入れて

セビリアからグラナダへ行く高速の日の当たる席避ける十月

トレドまでまっすぐな道は橋もなくトンネルもなくアーモンド咲く

マドリッド空気は乾き0階のロビーにて待つ朝の光を

青深きステンドグラスの下に飲む朝のワインの体にしみる

早朝は気温十度のマドリッド上着を脱いで我は歩めり

横浜港

港からのぞき見たれば空をさす三つの大きな空がそびゆる

県庁を守るがごとく赤く建つキングは横浜港の真中に

エメラルド色の花咲く税関の屋根の上にはクイーンが立つ

ジャックなる若さのしるし横浜港開港記念館の百年

この仕事いつまでするかを自問する横浜駅に一人立ちいて

退職をするのは今か居直るか鉛筆ころがすほどに迷いぬ

徳利の中の天使と鬼とわが思いをそそぐい呑みふたつ

海猫の声

あまかける茶碗割る二のその答え日間賀の蛸が知っております

日間賀島朝日と夕日のゆっくりと昇り沈むを立ちて眺める

カシオペアとオリオン見ゆる日間賀島静かな波を聞きつつ眠る

波の音聞きつつ眠る日間賀島我より早く朝が目覚める

たこ蛸章魚多幸の島なり夕食は茹でた蛸なり鋏もて切る

晴れ男晴れ女らに囲まれて日間賀の島に河豚をいただく

朝日うけ舟行き交える日間賀島海猫の鳴く声にめざめる

パワハラ予防講義

のみ会のさなかに突然専務から研修を頼むと酒を注がれる

また次もお願いしますとパワハラの予防講義の必要性を

まそかがみあかるい職場応援団は厚生労働本省の夢

前列に社長座りてわが講義真摯に聞けり幾度も目が合う

筆記具を忘れてきた人手をあげてくださいと言えば一人の課長

なんとまあ眠る人いるどうしようたたき起こすかそのまま無視か

講義中机たたけり（演技だが）筆記具忘れる奴はクズだと

終えたればあれはパワハラそのものと真意を理解できぬ人言う

丁さん多謝

空港の六十一番ゲートから電車に乗りて入国審査へ

香港は「かおるみなと」と書くほどにかがやく海が広がりている

まったくも天気予報が役立たぬ島なり今日は、晴れ、雨、曇り

台風も地震もない街、高層ビルの竹の足場に人登りゆく

定刻のレーザーイベントまばゆかり赤い帆船しずかに滑る

女人街人あふれいる午後十時ただただ進む人生である

香港の静かな街の裏通りここでは声の大きな大陸人《チャイニーズ》

旺角《モンコック》の道のまなかに骨さらし夜店の枠の高く残れり

旺角の裏通りにある「水族館」は魚類ばかりの小売り店街

そろそろと飲茶の車を押す老女の笑顔美味しき海老の焼売

贅沢ではなかった飲茶、たくさんの市民が朝の席に座れり

黄 埔《ウォンポウ》は永旺《イオン》モールのある街だ慣れた味よし日本酒を買う

ツアー旅行ひさしぶりなり最高のガイドでしたよ丁さんに多謝《ドーゼ》

満天星

乗り換えをする駅に聞く鳥の声白バラコーヒー片手に持ちて

報道のとおりの雪だみぞれさえ混じりて暗し智頭を過ぎれば

一本の川とは何か静かなる郡家《こうげ》の町は白に沈みぬ

店開かぬ鳥取の町雪深し市街地なれども登山靴はく

自販機の一本おまけが当たりたり荷物の多き一人旅にて

安心の鳥取牛を丁度良き味の弁当、満天星注ぐ

身延の湯

身延山修験の道の険しかり高速道路はここまで伸びる

ゆくりなく富士は堂々晴れわたり冠雪をする頂を見る

はっさくが手を伸ばしたらとれそうな高さに実る身延の駅は

十メートルの桁の高さを気にもせずビティをのぼる女性の脚絆

アルカリの美肌の下部温泉に若き女性の客つめかける

せせらぎの音聞きながらあたたかき眠りにつきぬ下部温泉

せせらぎの音が流れる下部川トリスを注いだハイボール酌む

道祖神蕎麦

水無月の長野市母袋は晴れわたる携帯傘を日傘かわりに

安曇野の道祖神そば食べながら長峰山の空を楽しむ

暮れなずむわが心なる信州の山に残れる雪の筋見る

まだ暮れぬ光を追いて西へ行く猪八戒なる胃袋を持ち

夏至の日に光を求めるならわしの豊科峠を越えねばならず

国道の耐震工事を点検す長野母袋は酷暑なれども

経蔵のさお握りつつ力込め見知らぬ人と功徳を押しぬ

闇の中戒壇めぐりに極楽の錠前に触れ安堵したりぬ

山門の階段を登る夏の朝善光寺の空晴れわたりたり

善光寺ゆるゆるのぼれば京風の郵便局は妻入りである

長野市はみどりの町だひたすらに善光寺道のぼりて思う

仕上げには山葵と葱をたっぷりと戸隠蕎麦の重みを食べる

損をしたようだが得をしたような鬼の笑顔よ酒酌み交わす

北寄貝

釜石へ現場指導に行くという予定の組まれる師走中旬

現地まで行くには、飛行機、直感のダイヤ調べる、時刻が合わず

新幹線のり継ぎゆけば乗り換えは二回、片道八時間ほど

しかたなく二泊三日の鉄路行、ビジネスホテルは満員である

二時間に一本しかない釜石線にサラリーマンの団体が乗る

看板に「ヱビスビールがあります」と　つられて入る暖簾をわけて

先客がいるカウンターおずおずと店の自慢の品を尋ねる

けっきょくは目の前にある名物の垂れ札の海鞘《ほや》　注文したり

携帯の電波は途切れとぎれがち遠野の町の河童を思う

花巻の駅に求める地ビールのありがたさ知る二十時すぎて

一年中写真の賢治は下をむき花巻の道守りて過ごす

駅前に立つ我がいる一仕事終えて飲みたし地酒「一ノ蔵」

飲み比べセット右から手を伸ばし「伯楽星」の力みなぎる

ぐい飲みの「南部美人」を酌み交わす大北寄貝《ホッキガイ》食べごたえよし

甘き吐息

くちづけをすればこぼれる吐息あり甘さたのしみそのままふふむ

こぼれくる甘き吐息は実のうちの白さと若さを見せて広がる

すこやかな色だと思う野にありて皆の気をひく仕草をすれば
のびのびと子をはぐくみて手を伸ばし地に足をつけ萌えだす春だ
いちご姫顔の赤さは親ゆずりひめてけだかき気概を持ちぬ

捌く

包丁を腹に突き立て我が右手生きたままなる伊勢海老さばく

縁起良き名を持つエビは腰を曲げわが左手に動かずにいる

裏側の腹のくびれに包丁を入れてなるだけ早く切り込む

頭、切り離してもまだ動きいる腹、スプーンでかき出してゆく

カタジュタ

ウルルから望むカタジュタ三億年前の遠さは近さであった

豪州に旅たつ前の一仕事守り柿高き枝を残せり

ジャカランダ街いっぱいに咲きいたるシドニーの街に初夏来たり

食べ比べオージービーフとカンガルー噛めずに飲みて完食をした

揺れるはずの船がゆれずに進みゆく熱帯の魚泳ぐ緑島

郡　上

ゆくりなくやすらぎの湯につかりいる十分浸かれと立札がある

打たせ湯に体ひたして浮きたればうくとは何かを考えている

湯守りする老がゆっくりゆっくりと露天の湯船に病葉拾う

やまとなる自然の岩風呂に肩ひたし数えずにすむ今日をよろこぶ

ぐいのみに話しかけても返事なく飲み干している中の母情を

三日月を針に見立てて天の川泳ぐ岩魚を吊り上げている

茗荷祭り

散水をしようと朝の五時に起き今日も雨だと二度寝を決める

生きている雨にうたれていきている木槿の花の真中の赤は

底紅の一重の花が凜とあるわびあでやかな宗旦木槿

心配はなくせなけれども増やさない次々と咲く朝顔の花

長雨にたたたられ今年のプチトマト甘くなけれど美味しいと食ぶ

曲がりいる胡瓜の味は悪くない長雨いつまで続くか雲よ

三日ほど晴れが続けば茗荷の芽出できて花を咲かせる筈だ

長雨に耐えて小さな花咲かす茗荷祭りが始まる夏だ

今朝二本とれし胡瓜の味清し、青そのままを嫣と食べたり

ダニエル

ウガンダの国から橋の設計の仕事をしたいと日本に来たり

日本語は三級程度のエンジニアダニエル・アペンヨ三十二歳

京大のウガンダ人の同期生と結婚しますと我に告げくる

正採用社員になるにはN二級合格せねばならぬと覚悟

四年いて簡単な漢字も書けずいるが定という字は確かに読みぬ

弁当が美味しいというダニエルの目もと口もと真剣である

年長の私が座ってよいという言葉いうまで彼は立ちたり

小食のダニエル君はオムライスを全部は食べられないと謝る

題「二」

流体系二層分離の管理には温度が大事と三度言われる

年を経ればあたりまえだがここ十年二日酔いなどしなくなりたり

一、二、三、二、二、三と体操をする土曜日の朝食うまし

消費期限二日を過ぎし生卵そのまま食べるかと嫣は問いくる

ひとよひとよ二ひとみごろ富士山麓に鸚鵡鳴くと自転車を漕ぐ

打つ時は必ず二発北鮮の飛翔体とも呼ばるる悪意

二の腕に入れ墨がある外つ国の人らはなべておとなしかりき

秋ゆらり揺れる夕日の照らす空一たす一が二でなき時は

二人していているから今を生きている二重線もて消す遠き過去

夢ふやしたし

帰省せし息子らと酌む嫁たちにわが酔い方を聞きてもらいぬ

難題を軽々こなしているように他人に見せた平成の我

絶対に誰にもまねができぬほどの強さの自分をつくりてきたり

飄々と平成の世に身を過ごし楽しむときのありがたさ　飲む

階段を一段いちだんおりるごと令和の時間に夢ふやしたし

夢を見よバカかあほうかどちらかだどちらでもよいどちらかになれ

今しがた食べたるものも言いたるも忘れて我は眠りてしまう

午後十時気づかざる間にカーディガン肩にかけられ座布団に寝る

帰宅難民

駆け足に新幹線から近鉄へ　たどりついたら人らあふれる

人あまたいるのは何か事故らしい耳そばだてて聞くアナウンス

夕刻の鳥森駅のホームから人飛び降りて列車が止まる

ひさしぶりの飛び込み事故に悲しみと怒りが同時に湧きてくるなり

しかたなく名駅近くに場所を変えほろ酔いコースの生ビール飲む

酔いはじめ隣の席の人に言う我は帰宅の難民である

判断を間違えたのかその逆か振替輸送を使わずに　飲む

三十分で再開するとの知らせなど無視して酒を飲めて良かりき

しらさぎ

しらさぎに指定席なく奪い合う自由座席は整然として

緊急の事態発生ともかくも金沢行の切符あがなう

自由席こみあいそれでも若者は幼子つれる母に譲りき

鯖江駅ゆずられた母手土産のひとつを笑顔で若者に出す

若者はみやげをあくまで拒否をしてＬＩＮＥの画面に戻りてゆきぬ

幸運ではなけれどある意味よい時間酒をたずさえ歌集を読みぬ

たくさんの不思議をこえてたくさんの話をかさね歌集を読みぬ

自由とは不自由を課す組織への忖度たのしむ今日の青空

祈るごとワンカップあけしらさぎの窓ながめつつ静かに飲みぬ

フクシマ

除染土のゼッケンつけて常磐道をつらなり走るダンプ十台

大熊で降りていったが大量の除染土はさてどこに行くのか

十台がつらなり走る高速道もちろん通行経費は無料

先導車は法定速度を守りたりときおり時速二十キロ以下

復興税の使途の多くは原発の廃棄のために使われている

双葉郡広野町まで常磐道地元ラジオを聞きつつ走る

福島に一人酒酌む秋の夜の遠くて近い海の音聞く

ひっそりと福島双葉の駅に立つ桜並木の息を聴きつつ

客のいぬ新幹線から望む富士コロナ騒ぎを知らぬ姿に

一両に百人は乗るのぞみ号今朝十人を乗せ走りゆく

雲の湧く磐梯の空かきわけて高速道路がひと筋伸びる

感謝している人がいると報告を書く手で持ちたりビール一缶

青森産鮭とばを旅の友として秋田銘酒の「高清水」酌む

神を見つける

教会に朝の静かな鐘が鳴るベニスの運河のさざ波に乗り

すみませんフォーク落として仕方なく隣の席のを使ってしまう

ああそれなら料金二倍いただきます店主大きな笑顔もて言う

高速の車窓を過ぎる糸杉と葡萄畑のひたすらを見る

十月はいまだ秋ではないらしいベネチアの人半袖多し

半袖の人に聞いたらロンドンから来たというのだリタイア女性

サン・マルコ広場に立てば青き空白きファサード鐘なりわたる

結局はカフェさえ使えなかったがドアを回せりホテルダニエリ

海風と潮の満ち引きベニスには水があふれる広場が千年

「イタリアはイートイージー」という看板の隣にNO DIETともある

便座なきトイレに座り困りいるローマの街の歴史ただなか

フィレンツェで食べしラーメン京風の蕎麦の歯ざわりムール貝添え

コロセオに勝ちたる奴隷は束縛をとかれて市民の許可書をもらう

旅をしてみないとわからないことひとつイタリア人はせっかちである

五度尋ね十度たずねて分かれ道ふわりローマは地図とは違う

兵士いて警察がいて神殿を現代人から守りていたり

コロセオからパンテオンまで十時間歩き続けて神を見つける

ゴリアテを石もてうちしダビデいるカラバッジオの光の中に

ありがとう夢の国

愛するに理由などなく外光のとろろ見る夢うつつの親湯

静寂

確かなる自信は知識とスキルからまず幸せと思うことから
技術者の集まり工事部フロアには静寂ばかりが漂いている

早朝の金山駅にひとり立つ春とは時を待つことだったか

まっすぐに進むしかない春の雨半田の坂道自転車をこぐ

わが仕事は朝家を出て夕方に腹を空かせて帰りくること

あしもとは見えねどいつも美しい橋とは虹のことであったか

伏見から名古屋に大きく曲がるとき二度は揺れると新人に言う

トラベラークレーンが吊る雲ひとつなき空の青、青の静けさ

緑は開赤は閉なるスイッチのあお押したればあかりが開く

朝礼後ベトナム人はお辞儀して古代の笑みもて体操をする

言い過ぎし言葉をくやむ昼休み曼珠沙華高く中庭に咲く

涙のように疲れし復路終電車寝過ごさぬよう立ちて過ごしぬ

乗り過ごし終点間際の駅にまで眠る幸せ今にし思う

水の音聞く

北半球がななめに帽子かぶりいるマルティン・ベハイムの地球儀が立つ

三百年ひたすら闇に落ちゆきて石筍となる水の音聞く

千年の思いを三つの顔に秘め炎中にゆらぐ阿修羅の腕は

地球から年四センチずつ遠ざかり百億年後に月は消えゆく

ぎりぎりの辛さが似合う日に食べるアーリオ・オーリオ・ペペロンチーノ

座りてはいないが誰かいるようなゴッホの椅子の本と蠟燭

嫌われし理由を未だ聞かずいる四捨五入して今を生きれば

靴の底朝のホームに落ちていてぬるりと心配事が立ちたり

ゴロ打てばおおかたセーフになる朝の学科対抗野球、大好き

あつあつのコンパルコーヒー口細め風を起こして冷めるのを待つ

神の摂理

断捨離のひとつと思い年賀状五百枚から百枚とする

行く道に気づかざること帰り道にきづけり二月の青空高く

ほら、神の摂理がふわっと降ってきてかがやきながらわが手に消えた

健康と時間つぶしと倹約を兼ねて五キロを歩いて空へ

朝の祭り

あかあかと天王祭りの灯の揺るる夏の川面をわたりゆく舟

さっきまで暗闇なりし窪みもつわが手のひらにとびこむ光

入道がのぼる鈴鹿嶺雨を乞う竜がうねりの雲のひとすじ

島々が浮かぶ入り江に光満ち神路の山を碧く映しぬ

結露とは朝の祭りだなみなみと蒜山牛乳コップに注げば

分らない人には絶対わからない酔いて間違う月夜の小径

ツクツクホウシ

八月の六日の朝も日は優しツクツクホウシが鳴く飛騨の里

天然の泉のごとく雨が降り朴の葉ゆらす夕立涼し

蓼科の山を流れる風の音聞きつつ眠る幸せがある

四日ぶりに清酒の冷やをいただきぬわずか二杯が喉をうるおす

平和の祈り

蕗の薹ひとつふたつと芽を出せり平成の平は平和の祈り

生きている香り立たせていっせいに白梅の花枝先に咲く

淡く濃く河津桜が咲く岸に人待つごとく光たたずむ

朝晩の気温差に耐える三月の侘助のごと落ちてまた咲く

本当の白ではないがほんとうのしろより白し木蓮の花

はなずおう身を赤くしてたちあがりあたりの空を見渡している

走り梅雨知らせる朝の白さなり自由のかたちに十薬咲きぬ

枝打ちをされてはだかの酔芙蓉春を呼びつつ庭に佇む

百年は四方にその手を伸ばしいるヒマラヤスギの直立不動

クリスマスローズの花はうつむきて顔をみられぬように咲きいる

ひっそりと地に咲いている黄の花の薄きさやけさ茗荷の香り

ふじばかま花の白さに舞い降りるアサギマダラの翅透き通る

花咲けど育たぬ定めの青き実を捨てて富有の柿はみのりぬ

花は桃葉は竹に似る人がいて夾竹桃は赤さ増したり

山藤の垂れいる先は世の中を平穏とする深き青空

冗談を言いつつ異界に生き延びる亜阿相界の葉のあさみどり

いったい何立ち向かおうとするものはニンニクの芽に冬の陽が射す

薔薇強しきればきるほど光まし天をさすほど立ちいる真冬

夜まで続く

悪口を交互に話す父と母ふだんの暮らしの静かさ思う

百代の過客が通る道を行くせっかち歩きが父と似ている

こんにちはあなたはどなたと聞く伯母の優しき傘の畳み方見る

久しぶりに家族の会話のはずみたり我がふるさとの伊勢うどん食ぶ

三男と一緒に過ごす自宅での仕事の話は夜まで続く

題「鏡」

逢えばすぐほどける髪と知りながら合わせ鏡に整えている

大の字になりて寝転ぶ芝の上『牧水の恋』枕にしつつ

人より早く先に行くこと

容体は危篤間近と知らせありコロナ対策死に目に会えぬと

ゆく時の早く遅くを祈ることもできずに願う痛みのなきこと

テレワークさなかに父の訃報あり講義をしつつ受講者に告ぐ

知らせてはならぬ訃報の行き先がわが手の先にゆらめいている

こんな日が来ると思えず死に目にも会えざることが現実の春

今朝植えし胡瓜の苗に祈りたり父が天まで昇りゆくこと

物事を即座に決めてそののちを気にせず九十年を生きたり

酒飲まぬ歌を歌わぬ　楽しみは人より早く先に行くこと

習慣の早寝早起き　牛乳を待ちて飲むのが自慢のひとつ

待つことが苦手な性をそのままに曾孫の顔を見ずに逝きたり

律儀なる建築士として伊勢志摩のビルを精密図面に描きぬ

財産は子孫のために残さぬとかねてから言い何ものこさず

孫自慢したくはないが写真のみ見せて他には何も話さず

県外者のわれは参列許されず父の葬儀を動画にて見る

みどりの日極限に痩せておとろえた微笑む父の頬の冷たさ

次々と父を亡くせるわれにして命はつがれ吟生まれくる

午前四時目ざめし後を眠られず父思いつつ雨の音聞く

父の死の底から届く思い出は栄螺のむきかたくるんと回す

吟

ゆるやかで平凡である田中家の初めてのわが孫の名は吟

誕生日三・一一忘れない日本の歴史とともに生き抜け

じいじにはならぬ決意を一瞬にとばしてしまう三ミリの指

腕の中眠る嬰児を手放せず幾度もうたう夕焼けの歌

嬬

盗み酒している我を咎めずに新年祝う嬬の元日

題「笑」

困るとき笑ってしまう私だと嬬に言われて一緒にわらう

この指が覚えております桃色の孀が選びしネクタイ結ぶ

春の雨が音たてて降るしばらくを本読む孀と聞きて過ごしぬ

ためらわぬ光が月よりさしこめば冬来たりしを孀に告げたり

おすすめの地酒を二合酌み交わし新しき春が来るを祝いぬ

あとがき

二〇一六年に第二歌集『芒種の地』を上梓して、しばらく歌集出版はしないでおこうと考えていた。最後の歌集に「天」の名を添え、細々と作歌してきた歌人としての足跡を残して歌壇を去ろうとぼんやりと思っていた。

しかし、世界と日本、そして個人的環境が急変した。コロナ蔓延防止の時代となってしまった。同居していた岳父と郷里にいた実父が相次いで鬼籍の人となり、その一方で待望の初孫が生まれた。なるべく早くこれまで詠んできた歌を歌集にまとめたいという意識が芽生えた。

現代歌壇では、私のように事実を取り上げ、描写した職場詠を歓迎していない。ほとんど感性と飛躍を主体とするレトリックの世界になってしまったが、私は、この風潮を是とはしない。一時期、この方向の歌を詠もうとしたものの肌に合わなかった。事実の中に真実があり、それを詩として掬い上げるのが歌人の仕事だという信念がこの歌集のモチーフであり、私の矜持である。

実は、三十年以上私は家族の歌を詠んでは来なかった。しかし、今回は家族の歌を意識的に詠み、歌集の中に組み入れた。それも今までとは違う自分を表現したいという意識の表れである。

最近五年間は、仕事で全国を旅してきた。どこに行っても、歌友を始めとする友人に迎えていただいた。感謝するばかりである。

この歌集の刊行に際して、佐佐木幸綱先生、「心の花」名古屋歌会及びインターネット歌会を始めとする「心の花」の歌友、中部日本歌人会の会員の皆様に御礼を申し上げたい。

また、六花書林代表の宇田川寛之氏、装幀の真田幸治氏に感謝を申し上げる。

この歌集を、永年支えてきてくれている嫣と他界した二人の父、そして歌集の名にした初孫の吟に捧げる。

二〇二〇年六月

田中徹尾

作者略歴

1954年三重県に生まれる。名古屋大学工学部修士課程修了。

1993年竹柏会心の花入会。佐佐木幸綱に師事。

2017年より中部日本歌人会事務局長在任中。

歌集に第一歌集『人定』（2003年刊）、第二歌集『芒種の地』（2016年刊）がある。

〒497-0040
愛知県海部郡蟹江町城３－148

吟

2020年８月17日　初版発行

著　者――田中徹尾

発行者――宇田川寛之

発行所――六花書林
〒170-0005
東京都豊島区南大塚３－24－10－１A
電 話 03-5949-6307
FAX 03-6912-7595

発売――開発社
〒103-0023
東京都中央区日本橋本町１－４－９　ミヤギ日本橋ビル８階
電 話 03-5205-0211
FAX 03-5205-2516

印刷――相良整版印刷

製本――武蔵製本

定価はカバーに表示してあります
ISBN978-4-910181-07-3 C0092